無情の武蔵野

宮田長洋歌集

六花書林

無情の武蔵野 ＊ 目次

第三章　変容

装幀　真田幸治

無情の武蔵野

第一章　柊の垣

久米川より

武蔵野の木々に曾ては護られて遠き世のごと療養所あり

本名は伏され家とも絶たれたる人らが生きし生垣のなか

大木を薙ぎ倒すほどの嵐の夜もありしやハンセン病者の園《その》に

うつし絵に新礼拝堂理想郷めかして棕櫚はかたえに高し

野火止は雑木林の疎らとなり「多磨全生園」の木陰羨む

十九歳我の読みにし『いのちの初夜』取り出すときを昭和は温し

青葉町車窓さびしく見つつゆく庭木すらなき家も続きて

東村山彷徨いいたり国挙げて復興五輪へ靡く昭和を

ひと目見たさに廻りゆきしが蔽われし垣を柊とつゆ知らざりき

眉の薄さしきりに気にし帽深く被りなおせるシーン忘れず

軽症の者重症者の介添えをせしとう個所の苦く浮かび来

昭和三十八年初夏を深山のおもむきさえもありし界隈

「新しき村」などありし昭和のこと思いつつゆく車窓長閑に

喜寿が来てどうしようもない我のただ積み重ねきし苦しみの屑

中止となりし映画の会の東村山思いおりしが志村けん逝く

脳病院結核病棟も在りにけりひとつらなりの林のなかに

運転手朗らに「正門前」を告げわれはケータイを鞄へしまう

生垣の中

コロナより思いいいでたり隔離施設「多磨全生園」の柊の垣

樹陰濃き下草あやしく踏みゆきて過ぎし時代の苦患の人思う

幾多の人望み断たれてこの地へと彷徨い来しか想うだに苦し

ある病者樹下の異性へ寄る気怠さ十万坪の園なればこそ

精神をいたく病みたる者もいて樹木は頻り縊死をいざなう

北條民雄『いのちの初夜』の刊行は世を二・二六轟かせし年

国のなかひとつの国をもてりけり業病と人厭うさだめに

君よ君よ傲るなかれハンセン病たらざりしとて奇蹟にすぎず

ひいらぎの垣より逃れえぬ者はむしろ妬みき出征兵士を

監房や収容門のありし地は横目に官舎の脇をよぎりぬ

猥談が窓から洩れているような木造平屋偲ぶひだまり

眼帯と松葉杖と絆創膏出でても膿臭まではえがけず

「お母ァは好きで癩病《れえ》になったぢやねえ」臨月の女胎《はら》の児へ言う

令和2年2月29日

映画会とトークショー「あん」の抽籤に当たっておりし二月末日

樹木希林はやなく田村正和はこのごろ見ぬがわれの同年

国の家のまたいま重くのしかかる世となりしかな櫟の花咲き

歩みつつ「森林浴道」陽は揺れてほのかに昭和初頭も匂う

資料館

ここに死する他はなかりし人をまず見よと如くに資料館あり

常設の展示の前に長考の背を見する女《ひと》を妨げず行く

ひとつ村なれば学舎《まなびや》農場と言わずと知れた北の火葬場

大正期の癩療養者写されいて着流しすがた罪人めきぬ

回廊の壁の写真に菅直人厚生大臣にこやかに立つ

国策に過誤なかりしか問う声の昂るときを密か悲しむ

門出づる作家の書簡《ふみ》は消毒の洩れなき旨の追而書あり

二つ三つ差別用語も書きとめき展示の室の仄暗ければ

癩者のため捧げし修女の生涯もひそむ二階の展示室には

院内は意外に平和かも知れぬと行きし主人公尾田が纏いつく

六軒の礼拝堂あり大師堂真宗日蓮キリスト三派

ジオラマの男の子一人は隔たりて夕明りせる窓に見惚れつ

団欒のひとときを再現なさんとし苦心の末の展示かジオラマ

一通り見終えてソファにへたりこむわれへ頬笑む女性館員

女生徒は大人の困惑さながらにいまし資料館出でゆかんとす

望郷

資料館出づれば終の棲家というパネルの文字の瞬きやまず

覆い尽くす深き武蔵野恨みしを女性患者は悶えつつ告ぐ

後代へ「望郷の丘」とどめても豊けき昭和の武蔵野はなく

放浪者多かりし代の施策とし隔離はありき十三の地に

もう死ぬと告げて逐電傍迷惑繰りかえし為しし北條の業《ごう》

生まれきて何のさだめか癩院へ勤務強いられし外つ国の修女《ひと》

われひたに東條耿一をいとしみき才は北條民雄に及ばねど

北條は徳島のひと東條は栃木のひとぞ出会いしは癩院

二十三歳癩に結核重なりて北條は東條らに目守られ逝きぬ

癩を疎む時代のさなかこの園に文学に賭けしいくたりかあり

文学をもて名声を得んとすは鬼の所業と知るひとは知る

同室者東條耿一は北條へ向かう批判をあまさず受けき

東條耿一「臨終記」にはおろそかな一語とてなし苦しきまでに

「済まんなあ」北條静かに仰向けに寝ねて言いしと東條記す

癩病みてイエスに帰依せし東條の詩は清らかな悲しみに充つ

理由

資料館なお訪いたきもコロナには叶わず令和二年も終わる

生物学者温顔もて言う今世紀に人は地球に住めなくなると

電柱にとまって鳴かねばならぬ蟬も追い詰められているかいよいよ

まだ蟬の鳴く西郊に棲みおれどニイニイゼミの声を聴かずき

高度経済成長のみにあらざらん武蔵野を駆逐せし元凶は

短歌なんかやってる場合じゃないだろと蚊が唆すような気がする

三鷹駅北口

「山林に自由存す」のいしぶみの哀れや駅頭小林《おばやし》のなか

私欲を棄て生きよとイエス命じけり二千年前も世の末にして

世が終りへ向けて走るを認めあう断念のほかに方途はあるか

双極性障害C型肝炎とたずさえ生きてきし歳月はるか

障害者二級手帳の表紙の色緑といえどくすみしみどり

精神科待合室に居たたまれずうろつく男《ひと》あり吊り鞄垂らし

向精神薬副作用なる手の顫え見咎めたりしひとあり歌会に

狭山八国山の林にひとり来て枯れ葉の舞えば短歌のちらつく

聖痕は癩者とともにありたりし証とフランシスコ伝あり

かのナザレの人は罪人癩病者貧者をことにいとしみたりき

われもまたらい菌の有無検べられき二〇一八年皮膚の病に

用水路の畔に

優生思想基《もとい》としつつホロコーストありし時代に我は生まれき

あきらめよあきらめよの声わが裡を駆けめぐりゆく坂をおりゆく

ワイパックス、リーマス、レボトミンに加えウルソも嚥まねばならぬ日の常

床かたぶき卓子の脚のぐらつける洞窟めきたる食堂を愛す

銅製のベッド設え凹みには水溜めおきて観衆《ひと》よ見よとぞ

阿南須賀白崎我と他二人のややに軽症六人部屋なりき

渡り廊下へ日影揺蕩いいたりけり平成二十年晩春なりしが

蒲団カバーの紐を結ぶに滞る我に手を貸しくれし白崎

夜ごと隣のベッドに寝ねて過ごししが白崎の生まれ年も知りえず

切っかけは何でありしか病める仲ハンセン病の話の出でつ

歩いても行ける距離さと白崎は薄く笑まいて庭の木を見き

寡黙にして遠慮勝ちなる白崎も瀬なる一語用い憚らず

「行ったことありますか」彼問いしとき目尻がややに吊りあがりおり

「我々より不運な人もいるんです」ぽつり彼言う賢しらならず

広大さを白崎言いき療養所の名称もわれ思いいでぬに

「いやだなあ、こんな病気は」こぼす須賀へ必ず阿南何かを答う

阿南は毎日近所の作業所へ通っていた

慰める阿南もときに愚痴を言う「いちにち働いて五百円だよ」

「五百円、美味いコーヒー飲んだらパーだ」嘆く阿南へ須賀は沈黙

「いっそのこと死んじまいたいよ」須賀言うを一拍後阿南「明るく生きよう」

看護婦のふたりがひそと囁ける病廊に聞く医師の悪口《あっこう》

埴谷雄高『死霊』も武蔵野舞台とし瘋狂院を訪うシーンあり

意思疎通叶わぬ者ら屯する畳部屋にも斜めに陽は射す

黒目川野火止用水にかこまれてありにし閉鎖病棟三階

第二章　飛べない鳥たち

鷺のいた町

見あぐれば大枝揺すり鴉どもおのれを誇示し樹間に興ず

保護樹林なれば鴉は塒を得て悠揚と生きていける仕合わせ

虫たちの住み処なりにし落葉林五輪境に消えゆきにけり

畦道の枯れ草山に立ちどまればエンマコオロギ演奏会なりき

連鎖して鳥獣虫魚ありし日を返せと蹴りたき石もなき道

「笑えない」「何でか知らネエ」お笑いを言い合い老婆ら川べりをゆく

ひどく猫背に歩む女のありたればつい背を伸ばす土筆橋袂

青島幸男いじわる婆さんそのモデル鷺宮一丁目にありて知られず

カルガモの夫婦欄干にとまりおり人間は一人ずつよろめいてゆく

暴れ川なりしむかしを知るひとも少なくなりし妙正寺川

川沿いをゆけば偲ばる藁葺きの民家さびしく目に沁む村が

埋もれてここに村落ありしかな鷺棲み渡りの鳥は訪いつつ

涸れ川にひとしき川にも水はありいのち養わん鴨が羽搏く

有名になればなったで気の重いこともあったか米長邦雄

鷺宮駅で出くわししばしばしばも知らんぷりしおりし米長のやつめ！

「おっ」という目顔で笑まいき千駄ヶ谷近き車内にいしときはさすが

幾何学を将棋に感ずと高校生米長邦雄は教師に答う

「鷺宮の駅でご主人大声でひとりごと言ってた」と近所の噂

老夫婦揃って耄けていたりけりコロナを知らず鷺宮をゆく

沿線有情

血縁のあらざる同士寄り合いて暮らす施設のふえゆく地上

擦れちがう刹那青年挨拶をしてゆく見れば紐でつながれ

世には何の憂いもなきがごとくにも未知の青年礼してゆきぬ

ひたに紐につながれいても煩いを知らぬ男の子の顔はさわやか

障害はいかに身の内にあらんかと思うまもなく青年は行く

午後三時過ぎを「お早うございます」声掛けられて面食らいしが

我もすかさず「おっ早うございます」返せば彼ぞ満足の態

紐をもて操るならねど介護者はまなこするどき中年女性

いまひとり紐でつながれおるひとはあらぬ方見て過ぎしのみなり

井荻駅南に二階の茶房あり修道女をよく見かけし昭和

四歳の娘を連れゆけば泣きじゃくられ怪しまれたり武蔵関公園《せきこうえん》に

天沼のひと

個人より国家の時代に書き継がれたりき上林病妻物は

人の世の無情のひとつ上林暁の書の忘れられおり

「要するにここ、ここがおかしかった人でしょう」言われてしどろもどろなる我

なぜそんな私小説を好むのかと尋ぬる男の子逞しかりき

上林を問いしのみにて阿佐ヶ谷の二軒の書店主不興顔をす

その妻を寝台車に乗せてゆく道筋なお阿佐ヶ谷に残る切なさ

ギターを弾きパステル画を描き闊達なひとなりしとう田島繁子は

モダンガールの日々を京都に過ごししのち同郷土佐の又従兄に嫁す

この時代取りあぐる人の稀なるにむしろ安んじて上林を読む

若き日に覚えし祈禱文《いのり》のひとふしを鉛筆書きに遺しき夫人は

妻繁子の秘蔵の讃美歌集のこと「孀恋ひ」は事細かに記す

「私がすべてをふいに」せしかと思うまで自責の念は「嬬恋ひ」にあり

泣きさけぶおんなのこえの熄みたれば静寂深し癲狂院は

看護婦や付添婦また出できたれど負けず悲しき点景として

いさぎよく瘋癲病院と書かれおれば武蔵野の野も林も相応う

作中を日の丸の小旗ふられつつ駅に出征兵士見当たらず

「いいところへ行きなされよ」と棺のひとへその叔母言いて顔を覆いぬ

野の道をほっつき歩く書はありき繁子発病前後の戦中

先立たれ酒と煙草に溺れたる上林の思われてならぬ天沼

天沼八幡通りのありて戦前は「美人横丁」と称ばれおりけり

今日バスに在れば乗りくる女生徒はみな健やかな日大二高生

仮寓

医師も交え稀に笑いの洩るる会に肩身はせまし躁鬱病は

思いきり壁蹴っ飛ばすおのこあり大兵なれば誰も止めえず

障害者支援施設いろは歌「ぬ」にあり「抜けてる方が人に好かれる」

受付へ黒縁眼鏡垢染みし手を伸ばすとき異臭がとどき

当事者という語を覚えわれもその一人と認むる苦さ半分

われとても閉鎖病棟に過ごししを触れ歩きたき異なときがある

悩みごと面談室で打ち明くるソーシャルディスタンス意外に粋なり

「僕の夜は二つあります」こう来れば不眠に悩みしフランツ・カフカ

いっそ世を棄てて修業と祈りの生終えし人また限りもあらず

ルドン作植物人間のごとき影逡巡する見ゆ飲屋の前を

「オンライン授業はほとんど解らない」ヴェネチアの少女言えば安堵す

堅く保護されてアケボノスギは公会堂前に冬陽を浴びている

ある人は崇めある人は精神の障害者とせりジャンヌ・ダルクを

幻聴の有無を問われし春の日の予診の室の造り忘れず

いくそたび思いいいだすは晩秋のリジュー巡礼八日の旅路

モンマルトルの芸人

四半世紀前といえどサクレクールの丘は晩秋ピエロもよぎり

芸人が微動だにせず立ちおれば視線集むる教会の庭

ためらいもなくパリジェンヌ銭を投ぐ片足立ちの人の足下へ

澄まし顔の芸人へピエロちょっかいを出しおる丘の賑わい寂し

大いなることとならねども美男子が大道芸見するパリの奇しさ

児玉清『女の一生』の朗読す窓に凭れてジャンヌになりきり

独り泊りしホテルの窓にエッフェル塔夜目にさびしくありしかの日々

これがまあ「コタン小路」かと思うまで胸突き坂を独りなりにき

ユトリロとユトリロの母聖堂に居並びあるも見よとごとくに

彷徨いてモンマルトル墓地にありし午後一人の作家も画家も浮かばず

二〇二〇年十二月、ＮＨＫテレビ

コロナゆえ映りしパリの裏町の景色の変わらざるに安らう

小さき町にて

平成六年十一月末薄曇るノルマンディーの野を列車ゆく

赤煉瓦の修道女院おとないしはわが人生の稀有な昼さがり

私物もたぬ清貧の修道女《スール》まさに在るをこの目に見んと来たりしリジュー

七十三歳修道女《スール》と向かいあう室の窓の明りは小春日の午後

死するならず命に入ると言いしひと閉域出でずに二十四で逝く

列聖をされしテレーズその父の精神の病も伝えられ来ぬ

世の中から忘れ去られてありたしと願いし乙女《ひと》ぞ称えられける

この生は島流しに似て僂きことテレーズは死の床に告げけり

あわれかの宮沢賢治もいとおしみ読みし『自叙伝』残ししテレーズ

人はいずれ遠い所へ旅立つとリジューまで来てひとりごちしが

沈黙を守らんためにメモ書きの紙片を手渡しおりし修院

その父の精神の病軽からぬも知られおりしやリジューの町に

父マルタン記念の館見ておれば現地のおのこにつきまとわれき

朴訥なアメリカ人と待つ駅の平らかなホームに小さき花咲く

見納めに振りかえりたりし坂の上の父マルタンの館も小さく

第三章　変容

冬が来る

公園を半周もならず鬱の身を投げだす池のほとりの椅子に

われ平家の裔とて何の烙印のあるはずもなき額に陽を享く

躁病の多言多動のとき越えてふらつき歩く昨日また今日

いまは言葉を離れていたいときなのに十二月号が昨日届きぬ

「冬が来る」自作を読みて光太郎戦後録音の声は野太く

隣りあいて言葉を交わす老いびとの性別知れぬまま座にありつ

人物の素描ひそかにせしカフェも顔見知りふえて叶わずなりぬ

死に方を考えていると一人の言うカフェに老いびと四人向きあい

「ばったりと斃れたらいい」と老婆言い「そうはいかない」と返すも老婆

笠置シヅ子「東京ブギウギ」思い出でて立ちどまる巷曾て闇市

『三四郎』轢死の場面を朗読者ことさらに思いを込めて読みけり

往きとちがう道をたどりて帰りくる癖我にあり父にもありしか

父恒吉もものを書きおりて多く郊村ときに長洋と号したりけり

牧師と女優

荻窪に「明治天皇御小休所」あれど立ちどまる人も稀なり

この地にぞ闇市ありしを知らぬひとも紛れ賑わう荻窪北口

丹沢の山並見ゆる六階はよみうりカルチャースクール窓辺

ひとたびは書道教室に通いたればカルチャーに籠る倦怠《アンニュイ》も知る

そのむかし共産党員の牧師ありて八千草薫にぞっこんなりき

牧師の名は高木幹太《みきお》にて荻窪の住居へわれはいくどか訪ねし

共産党候補の応援までをして憎めざるひと他には知らず

太っちょの体型もまた人望を集め従う青年多かりき

「何てたって八千草薫はいいですねえ」高木牧師の口癖にして

先生が八千草薫を言うときは同席者みな和みたりけり

亡くなる三日前のものとて吸殻を未亡人見せくれきベランダに出で

昭和の棘

時計塔見つつ豊多摩刑務所と知らず過りし日をもてりけり

『獄中の昭和史』分厚き書を借りて踏みこめぬまま六日経にけり

その名をば聞くのみにして何か恐き野坂参三も入りし刑務所

短歌もて名を挙げんなど眼中になきがごとくに獄中歌あり

俊秀あり文盲もありて入り混じり思想の咎人満ちしトヨタマ

すでにして名高き学者三木清敗戦を経たる九月に獄死す

戦中の治安維持法に関わりて拘禁所ありし新井町長閑

皆こぞって戦争協力したのよと言い張る女性評論家ありき

あの歌手の加藤登紀子の恋人が、同年の弁護士言う前に笑い

道の辺

総活躍そんな無茶なゆうるりと参ろう道辺の花を愛でつつ

孕み猫もの憂くあゆむ桜木のしたありふれて花見のひとたち

焼き芋屋煙草ふかしていたりけり春はおぼろの梅照院に

漫才師いとしこいしの世にあらぬを告げいる女意外に若し

桜餅売るは裏手のさびれたる角の店なり新井薬師の

石畳道のへりなる石のかげ蟻は出入りす若葉さす野を

覗かれはせぬ安寧のくらがりを拠りどころとし蟻に巣はあり

蟻と蟻巨き鈍感さながらに追いつ追われつ石かげの巣へ

「原爆はどこかに落ちていただろう」いくたりの人言いしか知らず

懊悩の翳りすらなく写されて飄々たりし昭和天皇

四谷にて生まれ中野に育ちしが都市の変遷まつぶさに見き

日を繋ぐ

ふたたびを来たる気鬱に抗鬱剤嚥みて吐き気に耐うる四、五日

叶うなら一言をすら発せずに寝ね通したし昼夜を分かず

唐突に思いいいでたり二十二の夏水上の宿の不眠の夜を

運転手はバスを降りるや手をふって赤信号を渡ってゆけり

「よく今日は来られましたね」精神科医言えば間をおき頷くばかり

どん底のときは自殺もできないとマニュアル通り言われ、返せず

「すこし快くなったら歩いて下さいね、哲学堂なんかどうですか」

林間へ蚊取線香提げて入りし日ありきいまだ体力ありき

躁転を恐るるゆえに抗鬱剤出ださぬ医師をはやあやしまず

わが画友膵臓癌の手術受けなお画帳手に予後をあゆむと

八時間の手術乗り越えし友の声伸びやかなりき九十九里より

九十九里歩む上野在森《ありもり》のすがたは飄然たれど暗澹

コンテもてともかく描き切ったればまだまだ未来ある如く我

妻は言う寺山修司と擦れちがったころの新宿は風情があった

取り澄まして「この世の花」を唄いおりし頃の島倉千代子こそ花

津軽行

盛岡に友を見舞いしその足で津軽へ発ちしは罪に似たりき

「そのシャツじゃ寒いだろう」と津軽へゆくわれを案じし黒沢稔

古色蒼然たりしアパート好みては都市の西方に黒沢はありき

西武線東伏見のアパートに三年ほどおりしを彼忘れおり

彼は二十四我は二十か
わが訪いし初めは新宿間貸しの一間画材の他は何もなかりき

平成二十六年梅雨寒日暮れどき津軽三味線聴けり金木に

かろやかに斜陽館内案内する女ありしも終始馴染めず

『思ひ出』を引きつつわれの問いたれば不機嫌に黙す案内嬢は

ＪＲ青森駅脇食堂にて

ほんとうは妻は黒沢が好きだったような気もするホッケを食えば

老人ホームに語りしときの黒沢の仔細を妻は敢えて問わざりき

その口をとがらせひたに島津亜矢「あゝ上野駅」唄えば朗ら

どちらかが食われるだろうと妻と我と個性強きを彼は案じき

黒沢の特養入所を小さき字で賀状に添えくれきその弟は

仲間たち

「黒沢稔友情展」に集いたる男女ひとりも若くはあらず

時を握り潰さんばかり新宿のカフェの窓より街描きおり

黒沢も上野もわれもわが妻も「新宿美術」に学びし仲間

画友上野在森死してひともとの木の幹撫づるごときさびしさ

病すでに重かりしとき靴を描き「ゴッホみたいだろ」と妻に告げしと

われ肝炎きみ膵臓の癌病みて二年ほどの濃き時間あり

きみ十九われは二十で出会いたり「新宿美術研究所」アトリエ

潮騒の聞こゆる九十九里歩みきみわれ等しく健やかなりき

中野区大和町妙正寺川べり

未亡人はわが新婚のアパートの室の間取りも憶えていたり

アトリエに初めて会いし日窓硝子にきみ指文字で「孤独」と書きき

ひと月の命と知りてや電話の声「また飲もうよ」と言いききっぱり

上野には上野の苦しみありしとぞ思う数多の絵を見ておもう

未亡人はせっせと画布を取りいだし気が張っておらん独りの家に

上野もまた躁鬱病みて苦しみて怒りを抑えがたき人なりき

食膳を引っくりかえした日もありき苛立って我は上野の家に

わが挙止をじっと見守りおりしひと黒沢稔の酒は粘り酒

黒沢さんをモデルに小説書きたいと言えばちょっと困ると彼は

「在森は動かなくなるまでデッサン」とう知代子夫人の言思いいで

「新宿美術」背負って立つぞと言いおりし上野在森の本名彬

あんなにも麗しかりし知代子さんも婆さんになりぬ且つ毒舌に

「宮田さんも先にいったほうがいいよ、一人じゃ生活できないでしょ」

なあ上野破れかぶれのこの俺のデッサンもちと見てはくれぬか

赤沢も羽田も上野ももういない残りしわれは油絵描けず

外濠に近く

誰か身に病あらなく生き得んか問うも詮なく外濠の土手

インターフェロンフリー投与後肝炎は収まり代りに痒疹始まる

褐色の古風な壁の病院に通うにいたりリンパ腫の疑い

サングラスかけてまはだか光浴び羞恥覚ゆるまもあらぬがに
光線はいずこより来るとも知れずカプセルのなか立ちつくすのみ

昭和の味わい失せて久しくなりぬるをもはや言うなと街は佇む

さながらに省線電車で来しごとくアナクロニズムの今日の飯田橋

赤ひげのようなる医師のいる病院小石川療養所も遠からず

小池光「微量の毒はかえってよろし」光線療法受けつつちらつき

ムンク展

リトグラフ、油彩、テンペラ描きこなすムンクの筆致ときには粗く

なぜ人は精神病むか問うごとく北欧の男の子立つ絵はありき

マラルメはかかる男でありしかとムンク描ける絵に首肯きぬ

もの憂げに窓外見遣る少女像「病める子」に輪郭線はなかりき

死と病絵画の主題としてつねにありたりムンクは世紀跨ぎて

観客の押し寄せてやまぬ上野の山ムンクの没後七十五年

歩くさえしんどいのにまあよく来たなムンク展会場に己を褒めつ

「人手不足の為」休業の貼り紙すアーケードの奥の指圧の店は

ゆるき坂くだりきたりし女二人擦れちがいざま交わしき「そだね」

中庭のある病院

女医は丘疹紅皮症なる病名を書きくれしのちくすんと笑う

リンパ腫の疑いを医師言わずなりて病廊へとどく木々の葉の照り

一枚ごと常磐木の葉は意思をもちわが丘疹に応うるに似る

杖つきて四十あまりの女性患者来れば顔寄せ看護婦は問う

カーテンに仕切られ卍の迷路めく皮膚科に人の出入りは繁く

難病を生まれながらに負う人をげに待ち時間長ければ思う

入るなり長い時間を待たせしを詫びたり看護婦は女医より先に

死ぬために人は集まる『マルテの手記』のパリの悲惨も思う病院

何がなし地下へおりきて放射線治療室見え息詰めて離る

蟬ならば痛みあらずや仰向けに傷つきいたるアラブの民あり

東京五輪返上せよと説くひとは万年躁病めきてラジオに

野火と蚊

武蔵野を蔽う林もはやなく大岡昇平読む夏の日々

フィリピンを舞台の小説読みゆけば思い起こさる小野田寛郎も

口にいだすこと憚らるる戦場のいとなみさえも書かれし小説

二千を軽く越ゆる種類の蚊の仲間世にあり多くは血を吸わず生く

マラリアに斃れし幾多の応召のひと偲ばれてならぬ熱帯夜

反戦を強いて説いてはいないがと保阪正康は『野火』を評せり

ミミズ食うほかはなかりし老人の告白も疼く『野火』を読みつつ

恋ヶ窪野川のほとり彷徨いき『野火』知らざりし昭和のさなか

花の蜜を糧とし命永らうる蚊の哀れさもこの世のさだめ

バシッと蚊を叩き潰しし女あり得意気に血を人に見せおり

蚊に罪というはあらねど嫌わるるさだめに生まれ落ちし生き物

あとがき

二〇一六年の春、長年の持病であったC型肝炎の治療を受けることになり、細々と続けていた自営の仕事も閉じざるを得なくなった。すると、その治療の副作用に伴って、忘却の彼方へ押し遣られていた過去の出来事が次々と甦ってきたのだった。なかでも十三歳の頃の記憶の核心であり、後年何度もその忌わしさを消し去ろうと跪いた父にまつわる思い出が、ある切迫感を伴って甦ってきたのである。端的に言ってそれは、第一歌集のタイトルとして援用することになったトラウマ、即ち心的外傷に他ならなかったのである。

中学二年生であった私は、幼児期には祖父かと思い込んでいた高齢の当時七十八歳の父が、いまにも縊死を遂げんとする場面に、不幸にも立ち会わされたのだ。父が自死しようとしたのは病苦の故だったにしても、そこに至るまで背負いつづけてきた重荷が為さしめていたのは、間違いがなかったであろう。

父は明治十二年に高知県に生まれ、旧制中学校の教師を勤めたのち、京都と東京で小さな出版社を営んだ人であった。郷土の先輩である大町桂月を師匠と仰ぎ、自らも筆を執っていた。そして戦中には大東亜を讃美するなどの檄文をものし、戦争協力を惜しまなかったのである。だが、敗戦の年の五月、「文化之日本社」の社屋を兼ねた麴町五番町の家は、空襲で灰燼に帰し、私の知る限りの戦後の父はさながら人生の敗残者そのものだったのである。とはいえ死病を得る前には父は、近所に住居をもつ無教会派のキリスト教徒で内村鑑三の孫弟子に当たる人の集会に通い詰め、家では毎日聖書を読み耽っていた。

これは私の想像も加えてだが、父としては御国のために惜しみなく尽くしてきたにもかかわらず、その報いとして家も財産も失うに至った身の上の不条理を、どう受けとめたらよいか判らないままにその晩年を過ごしていたのではないか。そして戦後の一転して功利主義へと突っ走る世の風潮に対して、苦々しい憤りと当惑を覚えていたことは、まず間違いがなかろうと思われるのだ。

しかし、どうにかその冬を越えた父は、四月半ばの麗らかな日に大往生を遂げたのだった。数え年の八十であった。十三か十四の頑是ない我が子に己の心中を告げても詮無いと判断したに違いなかろう。のみならず他の誰にも肝腎なことは語らないまま天に身を委ねたのだろうと、今となっては察せられる。だが、私の受けた心的な外傷は、出生の秘事とも相俟って長く尾を引いた。父や母への怨みの感情とともに、十代の若い心に厭世の思想が芽生えていった。そうした流れのなかで、人の好まない小説を貪り読むようになっていったのだった。そのひとつが北條民雄の『いのちの初夜』であったし、少し時がずれるけれども上林暁の『聖ヨハネ病院にて』などであった。これらの作品世界は、むしろ宝玉のような底知れない輝きをもって私の前に現われたのだった。

同時に大学での専攻の法律を学ぶことにも嫌気が差し、「新宿美術研究所」という絵画塾に入って油彩画を学んだ。更に母の営んでいた仕事を継いだのちもなお、小説家を志して「たね」という創作の会に入ったりしたが、そうした遍歴のひとつが一九六九年に入会した短歌結社「短歌人」だった訳である。


さて、肝炎治療の副産物である皮膚病に苦しんでいた最中、不謹慎ながら遠い昔に読んだ北條民雄の小説が思い起こされたのだ。それで活字も薄れがちな懐かしい文庫本を書架の奥から探しだし、何度となく読み返した。そして多少は副作用が収まった頃、意を決して、その舞台の「多磨全生園」を、これもまた五十数年ぶりに訪れたのであった。幾度か資料館を含めて見学するうちに、殆ど自然発生的に短歌が生まれ出て来て、それが今回の歌集へと繋がっていったのである。

父と母の享年に近付いてきた現在、もう私には出生にまつわる拘泥も怨みも一切無くなった、と言い切っていいほどである。出生が不倫からであろうとなかろうと、親から貰った「いのち」の尊さと有難さに変わりはないし、人は誰しも生まれてくる時と場所を選ぶことができないのだ。また、どんな障害をもって生まれてくるか、どんな病に取りつかれるかも、己の決めることではないのだ。こんなことを私は、ハンセン病資料館に通いつづけながら、学んでいったのかも知れない。

このたび歌集を出すに当たっては、六花書林の宇田川寛之さんに大変お世話になった。気持ちを伝えてから刊行に至るまでの間に、私の病状がぶり返したりしたため、ご心配をおかけしたとも思う。お詫びを含めて衷心より御礼を申し上げたい。また、生沼義朗さんには帯文を書いていただいた。お二人とも、私の年齢からすれば、まだ相当に若い。過去三度の歌集と違って、お若い二人の助力をいただいたことに、感謝とともに、何か心の躍るような不思議な喜びを感じているところである。

二〇二一年四月

宮田長洋

著者略歴

1943年３月　東京都麴町区（現千代田区）に生まれる。
1964年４月　絵画塾「新宿美術研究所」に入所し、油彩画を学ぶ。
1967年３月　慶応義塾大学法学部法律学科を卒業する。
1969年12月　短歌結社「短歌人」に入会。筆名を長洋（チョウヨウ）とする。
1974年１月　文学集団「たね」に入会し、小説を書く。
1997年12月　第一歌集『トラウマの青』を刊行する。
2004年５月　第二歌集『時の杯』を刊行する。
2005年１月　第50回短歌人賞を受賞する。
2009年10月　第三歌集『東京モノローグ』を刊行する。

他に、小説の個人誌として「疎林」第１号、第２号、第３号がある。

現住所　〒165-0032
東京都中野区鷺宮４－６－６

無情の武蔵野

2021年5月25日 初版発行

著 者——宮田長洋

発行者——宇田川寛之

発行所——六花書林
〒170-0005
東京都豊島区南大塚3-24-10-1A
電 話 03-5949-6307
FAX 03-6912-7595

発売——開発社
〒103-0023
東京都中央区日本橋本町1-4-9 フォーラム日本橋8階
電 話 03-5205-0211
FAX 03-5205-2516

印刷——相良整版印刷

製本——仲佐製本

ISBN978-4-910181-14-1 C0092